年不可舉，時不可止；
消息盈虛，終則有始。

四季

向陽

新版序

消息盈虛・終則有始

一

一九八六年冬，我的詩集《四季》以獨特而別緻的裝幀版本由漢藝色研出版，李蕭錕的書法、周于棟的水墨，連同我的手稿，精緻牛皮紙封面和手工插頁設計，外加珍藏版錦盒，展示了詩集裝幀的可能空間。首版推出，隨即售罄；次年再版，改以雪銅紙封面推出新版，一樣受到讀者喜愛，連印三刷，成為當時詩集出版的一則傳奇。

更重要的是，做為我的第六本詩集，《四季》是我試圖結合古典與現代，彰顯台灣風土和人間四季色彩的一個里程碑。在完成台語詩集《土地的歌》（一九七六—一九八五）、十行詩集《十行集》（一九七四—一九八四）之後，我應美國愛荷華大學之邀，於一九八五年秋天赴該校參加「國際寫作計劃」（International Writing Program），整個秋天，在銀杏樹燦開金黃葉翼的愛荷華河畔，接觸來自四十多個國家的作家和他們的作品，深感於有透過詩作表現台灣特色的必要，於是開始醞釀以二十四節氣為台灣寫二十四首詩。那時候的心情，一如我在詩集後記〈色彩・四季・心〉中所說：

透過二十四節氣，我嘗試在每篇作品中表現不同的色彩與心境。首先，那是我生命的給出；其次，那是我至愛的土地的呈現；最後，那是台灣這個大洋中的島嶼，所能奉獻給世界的獨特的風土色彩。

回國後，我展開了這二十四首詩的書寫。我希望，一如二十四節氣的紛繁多樣，這二十四首詩也能表現各自不同的面向、題材、語言和技巧，且能總體呈現書寫之際我所面對的台灣。我寫土地、人民之愛，我寫風物、自然之美；我也寫都市、環境之隳，寫時事、政情之亂；我也以象徵、隱喩、歌詠、鋪排、反諷、敘事等不同筆法，試圖具現一九八〇年代處於大轉捩點的台灣圖像。

我不知道，這樣的嘗試能否成功表現我的構念；我只知道，必須通過書寫，才能將我的詩融入我站立的台灣土地。《四季》推出後，最早的迴響，來自當時我還不認識的瑞典漢學家馬悅然（Nils Göran David Malmqvist）院士，一九八七年他來台出席漢學會議時，於書店看到《四季》，在接受媒體訪問時特別推薦這本詩集，多年後並以瑞典文翻譯其中一首〈小滿〉。一九九二年，美國漢學家陶忘機（John Balcom）則將整本《四季》譯成英文，以春、夏、秋、冬四季分卷，在 *Chinese Pen* 季刊連載四期；並於一九九三年交給美國加州 Taoran Press 出版英譯本 *The Four Seasons*。二〇〇九年，日本學者三木直大教授編譯我的詩選《乱》（東京：思潮社）也選入十三首《四季》詩作。我想以二十四節氣詩凸顯台灣風土的初心，多少是被看到了。

我沒想到的是，《四季》的節氣詩也受到流行樂界的重視。一九九四年，活躍流行音樂界的才女黃韻玲要助理跟我聯繫，徵求我同意使用〈大雪〉譜曲，並由她主唱，收入《黃韻玲的黃韻玲》專輯，由「友善的狗」推出。十五歲就得到金韻獎的黃韻玲以有別於當年流行歌曲的獨特曲風，加上部分詩句的朗讀，詮釋〈大雪〉，表現詩中蒼茫、孤獨、無依的感覺，淋漓盡致。〈大雪〉以「流淚、流盪、流散、流離、流浪、流失、流血」等七個詞彙，本來是想傳達戒嚴年代海外「黑名單」人士的心境。黃韻玲從愛情的角度詮釋這首詩，一樣動人十分。

我也沒想到，收在《四季》中的節氣詩，近數年來，已有四首分別被選入三個版本的高中國文課本：〈驚蟄〉（康熙版）、〈小滿〉（南一版）、〈秋分〉和〈小寒〉（翰林版）。以一本只有二十四首詩作的詩集，能受到編輯者的青睞，對我來說，這是寫作《四季》時未敢預料的事。

二

最早評論《四季》這本詩集的是才識過人而早逝的詩人林燿德（一九六二—一九九六）。《四季》出版後，他就發表長論〈八〇年代的淑世精神與資訊思考——論向陽詩集《四季》〉，論述這本詩集主要內蘊和特色。他以「淑世精神」總綰我寫作的本心，指出：「《四季》的編目設計在向陽諸多著作中顯得特別精純別緻，不同的色澤與心境揉雜在一本書中，然而節氣的『運作』卻使二十四首詩呈現出一種統一性。」這是知者之言；他也敏銳地看到我在詩集中蘊藏的「政治寓言」，透過「複合層疊的結構體」（詩），自原始寓言（節氣與地景之關係）衍生出再生寓言（即隱匿的政治寓言），他的分析，精確地看到了《四季》詩中的台灣性。

當然，燿德也看到了我在《四季》中用心經營的語言與形式設計。他看到我在〈小滿〉、〈大暑〉等詩中隱藏的書寫策略，指出〈大暑〉的結構「神似一塊具體而微的積體電路」，更像是「現代世界的象徵」，是一種「多元化的閱讀流程」，可以任意重組，「是各區域文化在全球開放系統中所保存的個體獨立性」，他將之視為一種「詩的資訊思考」——我在一九八五年愛荷華秋天，面對來自全球各國作家時，醞釀以台灣的二十四節氣詩作與世界對話的書寫策略，就這樣被燿德明辨了。

三十年過去了，燿德曾經如此推重的《四季》，因為漢藝色研後來停頓，也絕版三十年了。三十年來的台灣從戒嚴到解嚴，從威權到民主，整個社會已經過多次大而劇烈的翻轉，早已不再是一九八〇年代的模樣，在時空翻轉、情境變異的今日，我寫於一九八六年解嚴前夕的《四季》還會有人讀嗎？還會有知音嗎？

二〇一五年冬天，我在《台灣詩學學刊》第二十六期看到年輕學者茅雅媛發表的論文〈向陽《四季》的多元色彩〉（頁一四九—一六六，約一萬五千餘字），頓覺寬心不少。茅雅媛看到我在《四季》中運用色彩的策略（而這是燿德來不及處理的），她以細密的文本分析，以「直寫顏色」和「以景顯色」（物色）的差異，製表臚列，統計我在《四季》詩作中使用的色彩詞，以綠色為最多（15次），次為黑（7）、黃（6）、紅（5）、灰（5）、藍（3）、白（3）、褐（1）、紫（1）、銀（1）；另又統計詩篇中明暗色調的呈現，發現最多的是夜（5），其次是燈火（4）、陽光（4）、星光（3）、雪（3）、晨光（2）和霜（1）——她以統計方法印證三十年前我的書寫意圖：「色彩的不同、四季的轉換與心靈的流動，正是外在之象、內在之意，經由時空融於一體，所統合而出的物色之美。」這是多麼扎實的印證，多麼美麗的發現啊！

我用二十四節氣寫二十四首詩，且採取每首兩段、每段十行的固定形式為之，這是十行詩的延伸，要如何在固定的形式和節氣已有的文化象徵體系中表現新的感覺呢？年輕的茅雅媛敏感地從我的用色中點出了其中的幽微面：

> 細膩的色彩運用，讓每首詩呈現不同的明暗、溫度與氣氛，不論是透過明亮的色彩描繪出具有生命力的台灣風土，或是藉由兩段色彩的變化與對比，彰顯出對一九八〇年代的批判與憂慮，以及經由整體氛圍的營造或色彩的轉化，表達詩人對家國、生命與情感的思考，都是藉由外在物色與內在意涵的緊密結合，突顯詩人如何看待與感受一九八〇年代的台灣及自身，且不拘泥於單一主題，而是從各種角度切入，使時空背景的圖像更加完整。……

向陽以《四季》進行的嘗試，為一九八〇年代的台灣保留了一塊充滿詩意的投影，能以毫不晦澀的詩句呈現多元的樣貌與內涵，是《四季》讀來如此多彩多姿的主因。

《四季》首版推出近三十年後，年過花甲的我，在歲末寒冬讀此文，內心滿是暖意。當晚就在臉書貼文，以一九八六年的作者向二〇一五年的論者茅雅媛說：「謝謝妳如此細密詮釋，讓發表於三十年前的文本重生。」

三

眾緣匯聚，三十年後的此際，《四季》不只「文本重生」，因詩人許悔之的慧眼與抬愛，林煜幃、施彥如、吳佳璘、魏于婷等年輕編輯的創意發想，能以全新版本、精巧裝幀，由有鹿文化重版，再現於二十一世紀，則更讓我欣喜。

新版《四季》和舊有兩版最大的不同是，在原有二十四節氣詩作之外，特別納入我手刻的十二張版畫；封面情商悔之為「四季」題字，悔之書法有詩人靈氣，意到筆隨，墨韻酣暢，這是新版最令我高興的事。裝幀部分，則採非全置入式精緻書盒包書，飾以我的版畫，且擇一幅〈鹿之谷〉特別單獨印刷，精巧如版畫，隨書贈之，供讀者典藏；書前另加上手刻詩詞小章，〈相思〉一詩也涵納了春天意象，與《四季》隱隱呼應，最後，書盒共有兩款顏色，春紅經典，夏綠青春，都可見出新世代編輯群的巧思，希望讀者喜歡、愛藏。

一九八五年秋天，我在愛荷華河畔閃耀著金黃色澤的銀杏樹下，發願要寫一本能表現台灣色彩的詩集，來和當年與我同在愛荷華的各國作家分享台灣詩的美麗；一九八六年冬天，在一整年春水漾波、夏雨擊鼓、秋葉飄舞和冬露凝淚的見證下寫出的詩集《四季》出版；一九九三年，因為美國漢學家陶忘機的翻譯，《四季》英譯本 *The Four Seasons* 在美國加州的 Taoran Press 推出，我的二十四節氣詩方才進入英文閱讀世界；二〇〇九年，因為日本學者三木直大教授編譯我的詩選《乱》，在日本東京思潮社出版，我的《四季》部分詩作，也才能分享給有緣的日文讀者。

日晷推移、月影圓缺，這圓證初心的時間過得多緩慢啊！《四季》在日與月相推之下，於焉三十有年；然則，瞬目即越三十春秋，這又是何等快速啊！首版推出時，我猶是黑髮青年，正值文學出版高峯期，《四季》短期間就賣出八千本；如今新版將出，我已是滿頭飛霜，出版業則陷入冰原，只希望新版別讓有鹿賠本。

我的人生，從春到秋，即將入冬，亦如四季之代序。年輕時最愛的詩集，有機會出土，更有月光映水的沁涼在心。我不禁想起高中時讀的《莊子・秋水》，印象深刻而當年未必能解的一段文句：

年不可舉，時不可止；消息盈虛，終則有始。

歲月不可挽留，時間不會停歇；有消退，有增長，或充實，或空虛，終結之處，就是起始。這不也就是我在《四季》二十四節氣詩中斟酌損益，通過題材和內容、語言和形式的多重向度，以及色彩的繽紛幻化，所想表達的意旨嗎？

二〇一七年冬天，新版《四季》推出，因而也就具有「終則有始」的意義，特別對我來說，這是我青壯時光的重現、詩寫台灣的夢想的再生。二十四首節氣詩，寫的雖是上個世紀八〇年代台灣的容顏，傳達的則是一顆面對時間課題、從台灣出發、迎向世界的詩心。對三十年來因為絕版而無法得讀這本詩集的讀者，《四季》中的每一首詩，都容得細細咀嚼、輕聲唸讀，從詩篇中讀到不止於八〇年代的繽紛的台灣色彩，並且通過節氣的映照，在時光、地景和人聲的流轉中，感受純粹的讀詩的喜悅！

最後，我要感謝在新版《四季》尚未出版前，就透過臉書預約這本詩集限量簽名典藏版的兩百位讀者：在只讀到臉書訊息，未曾看到新版實體書的情況下，你們信任式的預約，特別讓我感銘於心。這樣的信任，是我繼續以詩書寫台灣的動力。感謝你們對一位人生已然入秋的寫詩者的厚愛。

而你，此刻閱讀這篇小序的你，我也要感謝你。期願這本詩集《四季》能在未來的每一個節氣中，陪伴你的日常，並因為你的閱讀而讓這塊土地燦開繁花。

二〇一七、十一、七　立冬之日，暖暖微雨　向陽

向陽
EX·LIBRIS
冊票

目錄

新版序

卷之春

彷彿遠隔著的南與北
我上山，你下海
埋頭譜寫相異的音階
背靠春天，孤獨使我們掉淚

卷之夏

那年夏天的歎息　你的名字與形影
熱辣辣劃過　從我眼前
鬱悶的風中　一顆星子滑落

卷之秋

給最黑給最黯，以微光以微熱
陰沉的風將會破涕歡樂
給乾渴的井以水聲
愛，澆息了恨火

卷之冬

夢中，已經死去的父親
也來與我站在窗前
指著四處飄零的雪花
說：雪太冷了，我們回去
回到故鄉鋪滿落葉的土地

後記

卷之春

彷彿遠隔著的南與北
我上山，你下海
埋頭譜寫相異的音階
背靠春天，孤獨使我們掉淚

立春

星星正細數著小村的巷弄
燈火卻已逐一走進夢中
幾聲蛙鼓打破了天地
沉默，有人在靜夜裡咳嗽
伴著風，與竹葉悉索細說
連小溪也不甘——不甘示弱
　　這土地曾經蕭瑟
　　愛情也被凍縮了
有人夜半驚坐，瞧見星光
潛入窗內，在殘稿上思索

黑暗，許是星星發光的理由
寒冷，則被愛情當做瑟縮的藉口
花皆凋落，塵泥卻獲得
溫熱。而溫熱是通過冷漠
潺潺不斷的水流，經土地
逐歲月，澆灑殘稿之上
未竟的空格。有人
半夜驚坐，星光漸稀
向沉寂的冬夜
溪水擦亮了春火

雨水

一路隨防波堤快步跑來的
是海峽層層推湧的白
添一些波光，冷冷襲入
港的胸膛。遠處有
三兩漁船，纏鬥著風浪
烏魚群躲避著羅網
漁人張開勁健的雙手
擰出膀上汗與鹽的光芒
暖流這時正一寸一寸撫過岩岸
黑潮不捨，由南北上

黑潮沖激，沿島的東域
帶來漁穫，也攜來暖和
但海上並不溫柔。風慫恿雲
雲呼喚雨，雨可不客氣
一霎時撞進港的臂彎裡
船也陸續，馬達啓動
逐防波堤而來。前推後湧
是春天上陸的消息
冬，就此解凍
雨水正豐

二八・二九

向陽
1990

驚蟄

寒意自昨夜起逐步撤退
清晨進駐林間的一隊鳥聲
把微曦與樹影咬成起落的音階
久潮牆角，忽然暈染開來
破窗過訪的陽光，靜靜
溫慰著瑟縮的鋤犁。北風
向西，一波波湧溢
靄靄氣息。屋舍昂然抖擻
泥土中，蟄蟲正待開門探頭
隨蛺蝶，我入園中遊走

一似去年，田犁碌碌耙梳土地
汗與血還是要向新泥生息
鷺鷥輕踩牛背，蚯蚓翻滾
在田畝中，我播種
在世世代代不斷翻耕的悲喜裡
放眼是遠山近樹翩飛新綠
昨夜寒涼，且遣澗水漂離
我耕作，但為這塊美麗大地
期待桃花應聲開放
當雷霆破天，轟隆直下

春分

彷彿循環著的日與月
我在東，你在西
分別擁有一半的世界
彷彿綻開著的花或蕊
你是桃，我是李
各自描繪不同的畫頁
彷彿遠隔著的南與北
我上山，你下海
埋頭譜寫相異的音階
背靠春天，孤獨使我們掉淚

彷彿相生著的樹與葉
我盤根，你蔚綠
一起接受陽光和雨水
彷彿併聯著的路與街
你走縱，我走橫
相互提供生命的圖繪
彷彿舞踊著的蜂或蝶
我在左，你在右
共同吸取天地的精粹
面向春風，我們分頭而雙飛

清明

昨夜的雨仍然低迴
在今晨的路上，柳枝
披掛在河岸。河的兩端
生與死從橋上來來往往
昨夜的雨，仍然低迴在今晨
行人紛紛的路上，愛與恨
相錯而過橋的兩端
柳枝披掛在渾濛的河岸
薄霧薄霧，俯首水面
悲哀和快樂都已茫然

低迴在今晨，昨夜的雨
昨夜的死生悲喜，仍然在
路上，行人紛紛柳枝
紛紛，穿過薄霧走過河岸
一枝小草吮著一點露
仍然低迴在今晨的路上
昨夜的雨，不歇不息
紛紛打過行人的髮際
露珠露珠，懸垂草葉
最難分辨是雨水或眼淚

向陽

穀雨

我們從丘陵的眉間
醒過來，從霧的眼波裡
醒過來。這時已是暮春
三月，也在綠的盛粧中
醒過來。陽光行過相思林
給探頭的我們以澄黃
以及微笑。我們是綠的族群
二三百年來就站在褐的土地
蘊釀同陽光一樣，一樣黃澄
撲鼻的甘醇與芳香

向更古遠的年代，西元
七六〇頃，隱居在苕溪
大唐的逸士陸羽低頭試著
叫醒我們：茶者，南方之嘉木也
來自南方的我們，三百年來
站在這島上，因四時節氣
有不同的色澤。如今在雨前
我們醒過來，從丘陵的眉間
　醒過來，從霧的眼波裡
大聲叫著：茶，性喜向陽

卷之夏

那年夏天的歎息　你的名字與形影
熱辣辣劃過　從我眼前
鬱悶的風中　一顆星子滑落

立夏

從眼前行過平原的
不是低垂的雲，是風
呼叫青翠的稻禾，呼叫
一路列隊的木棉，呼叫
燕子，銜著新泥到農舍簷間
從平原拂向山邊的
不是緜密的雨，昨夜
雨已經帶著春天回去
夏，正像今朝的木棉
站在平原上綻開了花的紅艷

從山邊堆過峯頂的
不是茫漠的霧，是綠
喚醒相思松柏與杉林，喚醒
峯頂初昇的太陽，喚醒
新竹，低頭俯瞰廣袤大地
從峯頂指向天際的
不是黯淡的月，今晨
月已經跟著春天隱去
夏，正是初昇的太陽
站在峯頂上綻放出光的溫熱

小滿

一隻青蛙撲通跳下池塘
打破樹上烏鴉的睡意
荷葉跟著驚顫幾下
水面的漣漪一圈圈
把靜寂擴散了出去
蓮花孤獨地坐著
燠悶的夏日午后
連雲們都懶得來相陪
一行螞蟻運搬著麵包屑
頗富節奏地走過土丘

頗富節奏地走過土丘
一行螞蟻運搬著麵包屑
連雲們都懶得來相陪
懊悶的夏日午后
蓮花孤獨地坐著
把靜寂擴散了出去
水面的漣漪一圈圈
荷葉跟著驚顫幾下
打破樹上烏鴉的睡意
一隻青蛙撲通跳下池塘

芒種

梅子已黃，雨兀自飄落
泥濘的巷中，有人
披著被遺棄多年的簑衣
匆匆俯首而過，斑駁的
土牆，挽留不住他的腳步
一九七九年初夏，在南台灣
小港的山裡，我見過
這樣一幅難以忘懷的畫面
水漬努力地攀住頹牆
隨即又癱軟墜下

簑衣、竹笠以及農具
至今依舊令人喜愛，逗留在
精緻彩印的畫刊裡
一九八六年春末，在大台北
舊書肆的角落，我發現
來自香港的曆書攤著
線裝、霉爛、粗黑的宋體字
羞怯地解釋安床與納畜
店外呼嘯而過刺耳的車聲
黃燈閃爍，雨兀自飄落

十八世紀末葉
平埔母子・向陽

夏至

跟著夏天，我們行經
翠綠的山谷，三色堇沿途
歡呼，漫生的孟宗掃開了
一條窄仄的路，偶而竄出
灰白的影子，呵你看松鼠
（秋天還遠——是誰多事
　趕著夏天剪落了松子）
倏忽爬上松林，瞪著眼珠
跟著我們，這樹跳過那樹
夏天，尾隨松鼠而至

尾隨松鼠，我們也踏入
鼠尾草四散的小徑，淡紫色
鋸齒葉，帶些未被賞識的幽怨
（夏天真到了嗎？蜂蝶
　還癡心戀著杜鵑）
每隔幾步，給我們一個回眸
啊你看八色鳥，踩著碎步
正在林下嘰喳啄食
我們跟著夏天走進山谷
夏天，跟著八色鳥而至

向陽

小暑

推開窗子，首先是烏雲
把錯落著的大廈逐一捏住
眼下是棋盤一樣的街和路
瘦瘦小小，疾行的車
一下子啓動一下子煞住
再遠些，是河流銜著橋
再遠些，是橋扯著山麓
再遠些，是山麓扛著雲
再遠些，就一切都不見了
只有靜止的風醞釀著陣雨

關上窗子，背後也是世界
卷宗錯落，壓住辦公桌
椅子畏縮，退了兩三步
萬年青青在牆角
一半兒嫩綠一半兒黃熟
再近些，是殘稿纏著字紙簍
再近些，是字紙簍陪著風扇
再近些，風扇掀開了計劃書
再近些，電話急急跳起腳來
唾沫橫飛在話筒的另一頭

大暑

熱，從冷中來　冷向熱中去
整座城市喧鬧著　在漸寒的夜裏
在孤寂的燈下　思念如火
愛情被草草埋葬　痛，走入心肺
被拋置於誓辭上　都已冰涼了
窗口的滿天星　滿天的星
燦然怒放著　呼喚著
那年夏天的歎息　你的名字與形影
熱辣辣劃過　從我眼前
鬱悶的風中　一顆星子滑落

一顆星子滑落　　鬱悶的風中
從我眼前　　熱辣辣劃過
你的名字與形影　　那年夏天的歎息
呼喚著　　燦然怒放著
滿天的星　　窗口的滿天星
都已冰涼了　　被拋置於誓辭上
痛，走入心肺　　愛情被草草埋葬
思念如火　　在孤寂的燈下
在漸寒的夜裏　　整座城市喧鬧著
冷向熱中去　　熱，從冷中來

* * *

「大暑」係試作現代詩「迴文體」。以詩中空白「十」字為座標，縱經與橫緯交錯。閱讀時以句為單位，可順讀可逆讀，可右至左可左至右，可上而下可下而上，可跳句上下可左右換句……只要閱讀方式尋一定規則，讀法即隨之變換；句與句之組合，亦決定詩中情思的轉化。

本詩的寫作，係為嘗試時、空界限之突破、以尋求無限思考之可能而創。至於句式、句法排列，則其餘事也。

細草微風岸危檣
獨夜舟星垂平野
闊月湧大江流名
豈文章著官應老
病休飄飄何所似
天地一沙鷗 杜甫
旅夜書懷
癸酉春 向陽刻

卷之秋

給最黑給最黯，以微光以微熱
陰沉的風將會破涕歡樂
給乾渴的井以水聲
愛，澆息了恨火

立秋

愛情像槭樹的葉子
慢慢褪色。親愛的
理想多半也是這樣
像平原上的列車
在黯夜中一節節遁走
遁走的，其聲隆隆
褪去的，已難補救
親愛的，別擔心
褪去的是青澀
將來就是紅熟

歲月殘憾猶如綠葉
落水漂走。親愛的
生命有時也會如此
像山崖上的滾石
在風雨前一顆顆跌落
跌落的，其聲空空
漂走的，無法捕捉
親愛的，別難過
漂走了暑夏
換來了涼秋

處暑

潛伏在最黑最黯處的
是還戀愛著光的暑氣
夜色已一舉謀殺了夕陽
幽靈還在空蕩的原野上
空蕩地飄，幽靈還在
空蕩的河川中空蕩地
漂。空蕩地飄著
竹燈籠。空蕩地漂著
小水燈。空蕩地飄呀漂著
暗戀著光明的黑夜

給竹籠燈，夜才有溫暖
給水燈燭，黑才有依靠
給流離以安慰，土地就不愁煞
給冤曲以平反，天空就不肅殺
給孤魂給野鬼以三牲水果
生與死就不致大動干戈
給最黑給最黯，以微光以微熱
陰沉的風將會破涕歡樂
給乾渴的井以水聲
愛，澆息了恨火

白露

一滴露珠閃閃發亮
在晨曦前鷹架的鋼柱上
微微傾墜，把漸藍的天
斜斜踩到對街高樓
刀刃一般切割出的牆緣
水泥散匿，在工地
守夜的人仍打盹
在挖土機的履帶前
整座城市還沒醒來
一個呵欠，從夏天打到秋天

一個小孩，從後面盪到前面
在工地後側公園內
跟秋天一起盪鞦韆
他前仰他後俯他睜眼他閉眼
地球跟著陶醉了
一棟大廈挨著一棟大廈
頂住即將傾斜的天
露珠一樣，一路蔓延
都市也跟著小孩
露珠一樣盪過天邊

流動的符碼
暗中
向陽

秋分

給我一塊土地
黃澄的稻穗
掃出晴藍的天
鮮紅的楓葉
喚醒翠綠的山
給我一塊土地
清水漾盪在河中
白雲徘徊到窗前
給我這個夢
夢中的夢想昨天已被實現

給我一塊土地
黑濁的廢水
養肥腥臭的魚
灰茫的毒氣
充實迷路的雲
給我一塊土地
稻穗蛻變成煙囪
森林精簡為廠棚
給我這個夢
夢中的夢想明天將會完成

寒露

雨從昨夜起
就一路下個不停
通過鬱黑的甬道
通過無夢的黎明
在最先醒來的煞車聲中
暫停。縱向車道紅燈
橫向綠燈，川流湧動
是熱滾滾的人群
冷漠洗在臉上
洗掉了青春

水花激切，腳步急促
只有廣告牌定定站著
把媚眼拋給旋飛的鴿群
簽到簿打卡鐘積秒成分
這些交錯的顏面未知的姓名
都會被收進檔案保存
留下一些徬徨的腳步
噓寒噓給自己聽
他們有緣邂逅水露
熱情卻被凍成冰冷

霜降

霜，降自北，一路鋪向南方
沿黑亮的鐵軌，幻影
飄過城市、窮鄉與僻壤
在平交道前兜了一圈
回來偎著小站店家的**看板**
偶而閃過夜行的車燈
一兩聲燒肉粽的叫喊
還有ラジオ中的補破網
八〇年代末葉的台灣
傳唱四〇年代初期的音響

鄉愁通常也是這樣，北上
在卡拉ＯＫ頭前叫爸叫母
酒罐爛醉，橫七八豎在桌腳
白沫沸騰，霜一樣降在桌上
所謂文化是東洋換西洋
所謂古蹟是被推倒的城牆
民俗躍上花車——所謂觀光
是姑娘的大腿大家同齊來觀賞
中產階級們暢論世界與前瞻
霜降，在他們憂國憂民的髮上

＊＊＊

・本詩國、台、日語混合運用。
看板：漢字日文，台語外來語，店招。
ラジオ：日文外來語，台語外來語，收音機。本句全行使用台語。
卡拉ＯＫ：伴唱機，日式用語，台灣新用語。
頭前：台語，前面。
叫爸叫母：呼爹喚娘，台語。本句全行使用台語。
同齊：台語，一齊。本句全行使用台語。

1990向陽

卷之冬

夢中，已經死去的父親
也來與我站在窗前
指著四處飄零的雪花
說：雪太冷了，我們回去
回到故鄉鋪滿落葉的土地

立冬

隨寒風入山，棧道危橋
一路奔逐青苔咬住的地表
飛霧從另一座山的身後
迅即掩住，踩涓細的
水聲，叫醒了冬
又迅即離去。留下
松樹幾株，依舊堅持
不為季候風所動的綠
以及陽光，敲叩著台灣杉
像啄木鳥敲叩著清晨一樣

像啄木鳥敲叩著清晨，一樣
陽光敲叩在中央山脈的背上
放眼左右，望北向南
百餘座山頭爭相探入
海拔三千公尺以上的高空
危哉險矣！北風也因而驚懼
　岩岸之後是大洋
　砂岸之前是海峽
　冬，畏畏縮縮在雲中
忍不住叫出：Ilha Formosa

＊＊＊

Ilha Formosa：葡萄牙語，意為「啊！美麗之島」，或譯「福爾摩沙」。一五四五（明嘉靖二十四）年，葡人由濠鏡（今澳門）赴日本，途中經由台灣海峽，望見台灣，群峯挺秀，於是歎稱此名，從而為西歐所用以指稱台灣。

小雪

小雪趕在紅葉之後
開遍愛荷華初冬的山坡
彷彿落葉一般，不斷飛過
我暫時寄寓的樓窗前
又頹然歇下腳來
在輕迴的風中，在自己
也決定不了的處所
呵了一口氣，灰濛濛的
天空——另一半正注視著
大洋彼端的家國

思念有時像小雪。有時
更像落葉，不融不化
只是慢慢腐萎
這異國晨間的細雪
疑是昨夜的一場夢魘
夢中，已經死去的父親
也來與我站在窗前
指著四處飄零的雪花
說：雪太冷了，我們回去
回到故鄉鋪滿落葉的土地

大雪

一棵小樹在雪中流淚。一棟屋子在雪中流盪。一扇窗子在雪中流散。一把椅子在雪中流離。一片田野在雪中流浪。一道河川在雪中流失。一個人在雪中，流血。

雪在一棵小樹旁
流淚。雪在一棟
屋子前流盪。雪
在一扇窗子前流
散。雪在一把椅
子下流離。雪在
一片田野裡流浪
。雪在一道河川
內流失。雪在一
個人心上流血。

老家
1990向陽

冬至

仍然記得兒時，記得
兒時被鞭炮聲喚起來的夜
輕煙輕輕，撲著我們
滾熱的是圓仔湯
冽寒的是路上霜
松果一般，我們跑過
山坡、草坪、家門口
天色有時藍有時灰
枯枝招手在山頭
圈圈年輪圈下了歡樂

如今我們走入燈火，走入
燈火喧嘩、躍動的市街
輕煙輕輕，追著我們
微弱的是鼻息
強勁的是煙塵
瓶蓋一樣，我們墜落
酒廊、舞廳、三溫暖
方向有時左有時右
酒矸搖頭在街頭
急急煞車急死了憂愁

小寒

一隻小鳥向天空求救
一隻小鳥向大地求救
天空很大方
垂下厚重的烏雲歡迎牠
大地很慷慨
鋪上銀亮的冰雪保護牠
這隻小鳥雙翅瑟縮
這隻小鳥渾身戰抖
求救，求救
天地含笑聽牠的啁啾

一隻小鳥要救天空
一隻小鳥要救大地
天空不開口
開出羅網網羅牠
大地不設防
設下囚牢牢囚牠
一隻小鳥控訴天空
一隻小鳥控訴大地
掉光了翅膀換成雪花
雪花飄飄，埋葬了牠

大寒

這時候，他們都該已就寢了
床頭燈緩緩地熄滅了
窗帘也靜靜地闔攏了
街道沉默在街樹的沉默中
橋墩隱蔽在橋梁的隱蔽下
這時候他們，都該已睡著了
島嶼蜷曲在海洋的被褥裡
大陸袒身於沙漠的枕頭邊
亞洲跟美洲擠在一塊取暖
南極和北極互相使著眼色

這時候他們都該已，入夢了
地球急急從軌道抛離
星雲疾疾自大氣現出
有些粒子繼續反目
有些物質開始燕好
這時候，他們，都該已，睡熟了
被放捨的我仰望夜空
在巨蛇一般蜿蜒的星海中
再也找不到他們入夢的太陽系
再也找不到他們就寢的地球

向陽

後記

色彩・四季・心

四季，粗看與歲月的感覺相似，都是指示時光的慣用語。我們常說「四季交替，歲月輪轉」，在交替與輪轉的律動中，四季歲月、歲月四季，渾然而不可或辨。

但細究起來，歲月畢竟比較籠統而模糊。歲月，如其字形，可以是時光流序，也可以象徵人的生命進程，短則一瞬，長則一生；更可以涵括人類的過往與來茲，悠悠渺渺，山高水長，悲亦歲月，喜亦歲月。對苦難中人，歲月坎坷；對未成年人，歲月青澀；奮勇一生之人，歲月何其長青；他鄉失路之人，歲月瘖瘂無歌——一樣是歲月，不一樣是感覺；一樣的時空，不一樣的心境。歲月沒有起點，也沒有終點，感覺與心境，在歲月之輪的轉動之下，初則眾色雜陳，終則流於一色。

與歲月相較之下，四季的色彩顯然清晰多了。《春秋繁露・陽尊陰卑》說：「喜氣為煖而當春，怒氣為清而當秋，樂氣為太陽而當夏，哀氣為太陰而當冬。四氣者，天與人所同有也。」四季所獨有的四氣，面貌各異，情緒相殊，這種截然不同的色彩，正是四季本身所俱足，映之於天，為煖為清為太陽為太陰，照之於人，為喜為怒為哀為樂。四季與天人合一，從而有了生命。

不僅此也，四季也「氣沖」大地。唐崔耿《東武樓碑記》說：「春日暖而花含笑，夏風清而簷度涼，秋氣澄明而慮澹，冬景曨通而望遠。」地物地景，一著四季色彩，即見蓬勃生氣。四季交替，四氣運行，使天地人都受到感應。一樣的心境，不一樣的是四季；一樣是感覺，不一樣的是色彩。四季有始有終，四氣有強有弱，感覺與心境，在四季的交替中，初則看似相類，其實各有愛憎。

特別是四季受到「年」的約束，不像歲月一樣可以無涯無際，它的時間範疇，刻繪得極其精確。四季布於一年，季有三月，不因地而異，不因人而易；每季又有六節氣，以「立」為起點（立春、立夏、立秋、立冬），有雙「分」（春分、秋分），有雙「至」（夏至、冬至），二十四節氣平均遍施，於是四季的季候、氣溫、雨量、物產之對應變化，也都各有所適、不紊不亂了。這種「陰陽四時運行，各得其序」（《莊子・黃帝》）的嚴謹秩序，正是三千多年來漢民族掌握時空的根據，不只決定了農業、生產的發展，也促進了人文精神的發皇。

所以，在政治倫理的建立上，中國古來就相信「八風調，四氣正，天下定，海外安」（《梁簡文帝・上菩提樹頌啓》）；在社會倫理的規範下，也強調「奮至德之光，動四氣之和，以著萬物之理」（《禮・樂記》）；即使是個人的修身養性，也主張順應四氣，《素問・四氣調神大論》就說：「夫四時陰陽者，萬物之根本也，所以聖人春夏養陽，秋冬養陰，以從其根。」而「四時氣備」乃就象徵了人格的圓滿，《晉書・褚裒傳》寫到謝安推重褚裒的人格之美，說的是「裒雖不言，而四時之氣亦備矣」。

除此之外，四季的象徵，歷代以來也被運用於各種層面，做為社會生活的準則。用之於生產，則「春暖以生，夏暑以養，秋清以殺，冬寒以藏」（《春秋繁露・四時之副》）；借之於理國，則「春無殺伐……夏無遏水……秋無赦過釋罪緩刑，冬無賦爵賞祿傷伐五藏」（《管子・七臣七主》）；行之於廟祭，則「春曰礿，夏曰禘，秋曰嘗，冬曰烝」（《禮記・王制》）；施之於狩獵，則「春獵為蒐，夏獵為苗，秋獵為獮，冬獵為狩」（《爾雅・釋天》）；託之於佛理，則猶「生、老、病、死，四苦也」（《法華經・科注》）；運之於術數，則「四相者，四時旺相之辰也……曆例曰：春丙丁，夏戊己，秋壬癸，冬甲乙」（《協記辨方書．義例》）；衍之於教育，則「春秋教以禮樂，冬夏教以詩書」（《禮．王制》）；比之於草木，則「花備四時，桃杏與荷花、菊花、梅花皆併為一景，謂之一年景（俗謂四季花）」（《通俗編．草木》）；傅之於顏色，則與四色（赤、青、白、黑）相應：「春＝青，夏＝紅，秋＝白，冬＝黑」（李蕭錕《色彩的探險》）……凡此種種，可說是體例該備，廣包周延了。

不過，真能使四季具有鮮活躍動的生命，還是得自於文學心靈。《文心雕龍．物色》開筆就說：

春秋代序，陰陽慘舒；物色之動，心亦搖焉。……

是以獻歲發春，悅豫之情暢；滔滔孟夏，鬱陶之心凝；天高氣清，陰沉之志遠；霰雪無垠，矜肅之慮深。歲有其物，物有其容；情以物遷，辭以情發。一葉且或迎意，蟲聲有足引心；況清風與明月同夜，白日與春林共朝哉！

「物色」，依李善注《文選・賦》乃「四時所觀之物色」、「有物有文曰色」。春天草長，令人眼見而愉悅；夏天日照，引人情懷湧動；秋天則天色高清，頓釋陰沉的心情；冬天雪色萬里，立感肅穆的氣氛。四季景物及其外在色彩，投影於詩人的心靈，「若乃春風春鳥，秋月秋蟬，夏雲暑雨，冬月祁寒，斯四候之感諸詩者也」（《詩品注》），便留下了動人的篇章。

以《詩經》來看，春天的色彩是「桃之夭夭，灼灼其華」（《周南・桃夭》）；秋天的色彩是「昔我往矣，楊柳依依」（《小雅・采薇》）；夏天的色彩是「其雨其雨，杲杲日出」（《衛風・伯兮》）；冬天的色彩是「雨雪瀌瀌，見晛曰消」（《小雅・角弓》）。色彩的不同、四季的轉換與心靈的流動，正是外在之象、內在之意，經由時空融於一體，所統合而出的物色之美。

這種「物色之美」，既見之於四季色彩的轉位，如陶淵明《四時詩》（一說顧愷之詩）：「春水滿四澤，夏雲多奇峯，秋月揚明輝，冬嶺秀孤松。」也同樣見之於特定空間的時序易替，如寫山河色彩因四季介入的殊相，蘇東坡《書王定國所藏煙江疊嶂圖》所表現：「春風搖江天漠漠，暮雲卷雨山娟娟，丹楓翻鴉伴水宿，長松落雪驚醉眠。」春風、暮雲、丹楓、長松等不同景物，在同一個空間內展示出的不同色彩，是何等風華！蘇東坡又有詩，光寫異化於湖中的四季色彩：「夏潦漲湖深更幽，西風落木芙蓉秋，飛雪闇天雲拂地，新蒲出水柳映洲。」（《和蔡準郎中見邀遊西湖》）也一樣變化萬千；又如郭熙《山水訓》只寫四季山色：「春山淡怡而如笑，夏山蒼翠而欲滴，秋山明淨而如粧，冬山慘淡而如睡。」也使四季色彩映照下的山色猶如處子，鮮動入眼——四季入山入水，因時序而不同，也因心靈而轉折，生命就在文字的有限格局中拓出了無垠的境界。

四季的定序，使天地萬物著其色彩，然則，詩人心靈的善感，也常使四季著上多變的色彩。詩人情緒舒暢時，四季無不可愛，如歐陽修《豐樂亭記》：「掇幽芳而蔭喬木，風霜冰雪，刻露清秀，四時之景，無不可愛。」詩人愁腸滿懷，則四季足傷，江淹《四時賦》就大吐苦水：「測代序而饒感，知四時之足傷。」白居易也在《急樂世詞》中抱怨：「秋思冬愁春悵望，大都不稱意時多」。同樣是四季，有人認為宜於讀書，如宋人偽託朱熹作的《四時讀書樂》說：「……讀書之樂樂何如？綠滿窗前草不除（春）……讀書之樂樂無窮，援琴一奏來薰風（夏）……讀書之樂樂陶陶，起弄明月霜天高（秋）……讀書之樂何處尋？數點梅花天地心（冬）。」有人則認為不宜讀書，如《兒女英雄傳》第三十回就有如此諧謔的遊戲詩：「春天不是讀書天，夏日初長正好眠，秋又淒涼冬又冷，收書又待過新年。」……四時逝去復返，晝夜成歲又去，在時空交織的四季易序中，通過文學心靈的鑑照，四季也就「皆著我色彩」了。

傳統詩人筆下萬華繽紛的四季色彩，雖然仍未被歲月所褪，畢竟時空久隔，已無法完全吻合現代人的四季感覺。尤其在八〇年代的台灣，現代與傳統並生、古典與文明並置，上班上學用陽曆，年俗節慶用陰曆，如此時空，身為一個寫詩人，我感覺到，用現代詩來勾勒八〇年代台灣的四季色彩，的確有其必要。

台灣，這個除了高山就難以見雪的島嶼，在大洋環捧之中，東岸有整年由南而北的北赤道暖流經過，加上地處北自二十五度一八分五秒南迄二十一度三五分四八秒的低緯度地帶，年平均溫都在攝氏二十度以上，四季溫和，並沒有顯著的區分，所以有「四季如春」的美譽。然則，四季既不明顯，便對我嘗試刻繪台灣的四季造成了考驗。

幸好，透過農民曆上二十四節氣的掌握，在台灣的這一個特定的時空中，四季的色彩仍若合符節地律動著。比如「立春」一過，元旦春節隨即開始，春天的色彩也跟著濃厚起來；「立夏」之後，梅雨漸來，溽暑將至；「立秋」之際，則是台灣氣溫最高的時候，但也是颱風頻仍的階段，颱風帶來風雨，一雨成秋的現象通常會出現；「立冬」總在陽曆十一月上旬，這時寒流也已一波波湧來，寒衣出現，冬天的色彩便開始加深了。

於是，我初步決定藉由二十四節氣的名稱，來寫台灣的四季。二十四節氣的系統成形甚早，但其完備，卻是逐步而來的。據王力《古代漢語・古漢語通論十九》所述：「古人很早就掌握了二分二至這兩個最重要的節氣。《尚書・堯典》把春分叫做日中，秋分叫做宵中，《呂氏春秋》統名之曰日夜分，因為這兩天晝夜長短相等；《堯典》把夏至叫做日永，冬至叫做日短，因為夏至白天最長，冬至白天最短，所以《呂氏春秋》分別叫做日長至、日短至。《左傳・僖公五年》說：『凡分至啓閉必書雲物。』分指春分秋分，至指夏至冬至，啓指立春立夏，閉指立秋立冬。……到了《淮南子》我們就見到和後世完全相同的二十四節氣的名稱了。」如此行之久遠的節氣，目前仍是台灣民間襲用的曆法，因此，我藉節氣為名，多少可以反映八〇年代台灣的民俗四季。

但我也試圖透過內容，來反映八〇年代台灣的現實四季。就民俗四季而言，台灣民間的節慶習俗仍留有古風，特別是在「宜嫁娶會親友安機械」、「宜祭祀開光入宅」、「宜入殮破土安葬」等俗信上，多數人仍會「擇日而行」；就現實四季而言，則民俗正加遽沒落、生態環境備受破壞、文化東西揉雜、政經社會也秩序混亂。通過詩作內容的或詠或諷，或賦或興，配以題目的「堅守古制」，似乎也象徵著八〇年代台灣四季的矛盾色彩吧！

碰巧在寫作《四季》這本詩集的一整年中，我因受邀，分別於去年（一九八五）九月赴美國愛荷華大學參加「國際寫作計劃」，在美國各地遊歷、研習了三個半月後經香港回台灣，於今年（一九八六）六月赴新加坡參加「藝術節．作家週」的討論會，九月赴韓國參加「第二屆亞洲詩人會議」。這三次離開台灣，遠遊在外的經歷，也提供給了我撰寫《四季》這輯詩作時不同的心境。

遠離台灣，特別感覺到台灣的形影鮮活在心中，到處都拿台灣來比，使用外幣，心裡總要換算成台幣，參觀古蹟、民俗、藝術館乃至都市建設、政經發展，也免不了浮現台灣的現況；而在行旅之中，季候變幻，朝雪夕陽，都與台灣四季有著微妙的殊異，更使我得以分辨四季與不同時空所交會出來不同的色彩。

我難忘十一月底離開愛荷華的冬晨。那天天色未明而大雪紛飛，我們十幾位來自各國的作家，佇立雪地，與寫作計劃的主持人聶華苓、安格爾伉儷逐一擁別、相互分手，那種「雨雪送遠行」的滋味，深刻而難以置信；我也難忘十二月中與方梓飛抵夏威夷時攝氏二十六度的夏日氣溫，招待我們的鄭良偉教授一襲涼衫，帶我們在林蔭中交談，彷彿回到了暑夏的溪頭；難忘新加坡百年歷史的「萊佛士飯店」（Raffles Hotel），在椰子樹下我與方梓享用著南洋夏天的星空；也難忘韓國濟州島的初秋，在城山日出峯上，秋色清朗地映照著腳下的小島。

《四季》這本詩集中，有些詩就是這樣產生的，有些詩是在旅行的異國四季中浮現、完成。如〈芒種〉構思於香港，〈夏至〉源於夏威夷的冬天登山，〈大暑〉易稿於新加坡，〈白露〉靈感出自於紐約，〈小雪〉寫於愛荷華，〈大雪〉

的印象來白美國聖保羅市，〈大寒〉則是每次飛機夜行時我常有的想法——這些詩作，經由古老節氣的名相，再透過外國印象下筆，其實都在表達我對四季台灣的詮釋。而從構思到寫作，由國外反觀台灣，我也隱然感覺到，通過不同時空的四季印象，通過心靈的沉澱，我正在嘗試，拋離自己原有的詩的軌道。

是的，我嘗試，透過二十四節氣，我嘗試在每篇作品中表現不同的色彩與心境。首先，那是我生命的給出；其次，那是我至愛的土地的呈現；最後，那是台灣這個大洋中的島嶼，所能奉獻給世界的獨特的風土色彩。我嘗試刻繪土地、人民之愛，我嘗試拍攝風物、自然之美；我也嘗試諷諭都市、環境之隳，嘗試針砭時事、政情之亂，嘗試掌握時空、心靈的定位……或者透過象徵、隱喻，或者經由歌詠、鋪排，或者假借反諷、直陳——在《四季》的依序易序中，我期望這些詩作表現出八〇年代台灣的多重形貌。

也許，投射到我自己的詩路上來，多年來我的寫作，大概也像四季的易序吧。一九八四年夏，我整理創作了十年的七十二首十行詩推出《十行集》（九歌版）；一九八五年夏，我又整理創作了十一年的三十六首台語詩推出《土地的歌》（自立晚報版），以及三十七首中長型詩作推出《歲月》（大地版），三本詩集都久經播種，在某種程度上她們展現了我初步的風格。但我也知道，這只是我在詩的四季中的一種耕耘，我嘗試短製而古典的十行，尋求新格律的可能；我嘗試使用台語來反映四十年台灣的社會進程，也嘗試敘事史詩的實驗。在古典與現實的交互運用下，這些詩集的出版，宣告了我第一個階段詩之生命的結束。

如今《四季》的完稿，使我獲得重生的喜悅。以二十四節氣的二十四種寫法為橋梁，這些詩有些延續而增強了舊有的詩風，有些隱現而指出了將來的詩路。在春夏相交的階段上，她們可能是我告別詩的春天的「穀雨」，更可能是我開啓詩的夏天的「立夏」。一年多來，我在這二十四首詩中咀嚼生命，省思未來，創作雖然仍嫌遲慢，畢竟持續而未有稍歇。這些作品，也許成功，也許失敗，但歸根究柢，在力求突破古典中國的文學四季、創造現代台灣的現實四季之過程中，我無愧於我心。

一九八六、十、五　南松山　向陽

向陽 1991

作者

向陽

本名林淇瀁，台灣南投人，一九五五年生。中國文化大學東方語文學系日文組畢業，美國愛荷華大學國際寫作計劃邀訪作家，文化大學新聞碩士、政治大學新聞博士。

曾任《自立晚報》副刊主編、自立報系總編輯、總主筆、副社長。現任國立台北教育大學台灣文化研究所教授兼圖書館館長、吳三連獎基金會秘書長、台灣文學學會理事長。

曾獲吳濁流新詩獎、國家文藝獎、美國愛荷華大學榮譽作家、玉山文學獎文學貢獻獎、台灣文學獎新詩金典獎、傳藝金曲獎最佳作詞人獎等獎項。

著有詩集《四季》、《十行集》、《向陽台語詩集》、《向陽詩選》、《亂》，散文集《安住亂世》、《日與月相推》、《旅人的夢》，及兒童詩集、評論集等五十餘種。另有學術論著《書寫與拼圖：台灣文學傳播現象研究》、《場域與景觀：台灣文學傳播現象再探》等。

看世界的方法 128

四季

作者・版畫 向陽
書法題字 許悔之
裝幀設計 吳佳璘
責任編輯 施彥如

董事長 林明燕
副董事長 林良珀
藝術總監 黃寶萍
執行顧問 謝恩仁

總經理兼總編輯 許悔之
副總編輯 林煜幃
經理 李曙辛
執行編輯 施彥如
美術編輯 吳佳璘
企劃編輯 魏于婷

策略顧問 黃惠美・郭旭原・郭思敏・郭孟君
顧問 林子敬・詹德茂・謝恩仁・林志隆
法律顧問 國際通商法律事務所／邵瓊慧律師

出版 有鹿文化事業有限公司
地址 台北市大安區濟南路三段二十八號七樓
電話 02-2772-7788
傳真 02-2711-2333
網址 www.uniqueroute.com
電子信箱 service@uniqueroute.com
臉書搜尋 「有鹿文化・閱讀有路」

製版印刷 沐春行銷創意有限公司

總經銷 紅螞蟻圖書有限公司
地址 台北市內湖區舊宗路二段一二一巷十九號
電話 02-2795-3656
傳真 02-2795-4100
網址 www.e-redant.com

ISBN：9789869510868
初版：二〇一七年十二月
定價：三五〇元

國家圖書館出版品預行編目(CIP)資料
四季／向陽著—初版—臺北市：有鹿文化，2017.12
面；公分—(看世界的方法；128)
ISBN 978-986-95108-68(平裝) CIP 851.486 106020753